Para Clinton y Clifton

SIMON & SCHUSTER LIBROS PARA NIÑOS

Publicado bajo el sello editorial de la División Infantil de Simon & Schuster

1230 Avenida de las Américas, Nueva York, Nueva York 10020

Primera edición en español, 2017

Copyright © 1990 Eric Carle Corporation

Traducción © 2017 Eric Carle Corporation

El nombre y el logotipo de la firma de Eric Carle son marcas registradas de Eric Carle.

Todos los derechos reservados, incluido el derecho a la reproducción total o parcial en cualquier

formato.

SIMON & SCHUSTER LIBROS PARA NIÑOS y el colofón son marcas registradas de

Simon & Schuster, Inc.

Traducción de Alexis Romay

Para obtener información respecto a descuentos especiales en ventas al por mayor, diríjase a

Simon & Schuster Special Sales a 1-866-506-1949 o a la siguiente dirección electrónica:

business@simonandschuster.com.

Fabricado en China 0717 SCP

10 9 8 7 6 5 4 3 2 1

ISBN 978-1-5344-0205-8

ERIC CARLE

¡Panqueques, panqueques!

SIMON & SCHUSTER LIBROS PARA NIÑOS
Nueva York   Londres   Toronto   Sídney   Nueva Delhi

¡Quiquiriquí!,

cantó el gallo.
Jack se despertó, miró
a través de la ventana y pensó:
"Me gustaría comerme
un panqueque grande de desayuno".

La mamá de Jack ya se había levantado y estaba ocupada.

—Mamá —dijo Jack—, me gustaría comerme un panqueque grande de desayuno.

—Ahora estoy ocupada y tendrás que ayudarme —le dijo ella.

—¿En qué puedo ayudar? —preguntó Jack.

—Nos hace falta un poco de harina —le respondió ella.

—Toma una hoz y corta todo el trigo que pueda cargar el borrico. Luego lo llevas al molino. El molinero lo va a moler hasta convertirlo en harina.

Cuando Jack hubo cortado el trigo suficiente, lo puso en el lomo del borrico y se lo llevó al molinero.

—¿Me puede moler este trigo? —le preguntó—. Me hace falta para hacer un panqueque grande.

—Primero hay que separar el grano de la paja —dijo el molinero.

Le dio a Jack un mayal y esparció el trigo por el suelo. El molinero tomó otro mayal y empezó a golpear el trigo con él. Jack ayudó con la trilla, y pronto había una pila grande de paja y cascarilla y una pila pequeña de grano.

El molinero echó el grano sobre una piedra grande y plana. Sobre esta había una piedra redonda de molino conectada a un molino de agua en el exterior. El molino de agua daba vueltas y vueltas, haciendo que, a su vez, la piedra de molino girara y girara para moler el grano hasta convertirlo en harina.

Después de un rato, el molinero le dio a Jack un saco de harina.

—Aquí está la harina —gritó Jack—. Hagamos el panqueque.
Pero su madre dijo:
—Ahora nos hace falta un huevo.
Jack fue a ver a la gallina negra y le dio un poco del grano que le
había caído en el bolsillo mientras hacía la trilla.
"Cloc, cloc", dijo la gallina negra y entró al gallinero.
Entonces dijo "cloc, cloc" otra vez, y puso un huevo.

—Aquí está el huevo —gritó Jack—. Hagamos el panqueque.
Pero su madre dijo:
—Ahora nos hace falta leche.
Jack fue a ver a la vaca pinta y empezó a ordeñarla.
"Muuu, muuu", dijo la vaca pinta mientras la leche caía a chorrillos
en la cubeta.

—Aquí está la leche —gritó Jack—. Hagamos el panqueque.
Pero su madre dijo:
—Nos hace falta mantequilla.
Jack tomó la mantequera y se la puso entre las rodillas.
Su mamá sacó la nata que flotaba en la leche y la puso en la
mantequera.
Jack empujó el mango de la mantequera hacia arriba y hacia abajo,
arriba y abajo.
Hasta que la nata se convirtió en mantequilla.

—Aquí está la mantequilla —gritó Jack—. Hagamos el panqueque.
Pero su madre dijo:
—Ahora tenemos que encender la candela.
Jack fue hasta la leñera y trajo leña para hacer un fuego.

—Aquí está la leña —gritó Jack—. Hagamos el panqueque.
Pero su madre dijo:
—¿No te gustaría tener algo dulce en tu panqueque?
Así que Jack fue hasta el sótano y tomó un frasco de mermelada de
fresa de una de las repisas.

—Aquí está la mermelada de fresa —gritó Jack—. Hagamos el panqueque.
En la cocina, la mamá de Jack había llenado la mesa con
la harina,
el huevo,
la leche,
la mantequilla.

También había
un tazón para mezclar,
una taza,
una cuchara de madera,
un cucharón,
una sartén,
un plato,
un cuchillo, un tenedor,
una cuchara.
Y un frasco de mermelada de fresa.

Y su mamá dijo:
—Pon una taza de harina en el tazón...

—Rompe el huevo sobre la harina y mezcla...

—Echa una taza de leche sobre la harina y el huevo y mezcla de nuevo hasta que la masa esté suave y sin bultos.

La mamá de Jack calentó la sartén en el fuego y añadió un pedazo de mantequilla. La mantequilla se derritió rápidamente.

Entonces le dijo a Jack:
—Ahora vierte un cucharón de la masa en la sartén caliente.

Después de uno o dos minutos, ella le echó un vistazo a la parte de abajo del panqueque. Era de un marrón dorado.

—Ahora, mira —le dijo—. Voy a darle la vuelta al panqueque. ¿Listo?

—¡Listo! —gritó Jack.
—Vuelta —dijo su mamá.

El panqueque dio una vuelta en el aire, y cayó en la sartén. Después de uno o dos minutos, el panqueque estaba crujiente en la parte de abajo también.

Entonces ella pasó el panqueque de la sartén al plato y le puso un poco de la mermelada de fresa.
—Y ahora, Jack —comenzó a decir su mamá, pero Jack le dijo:

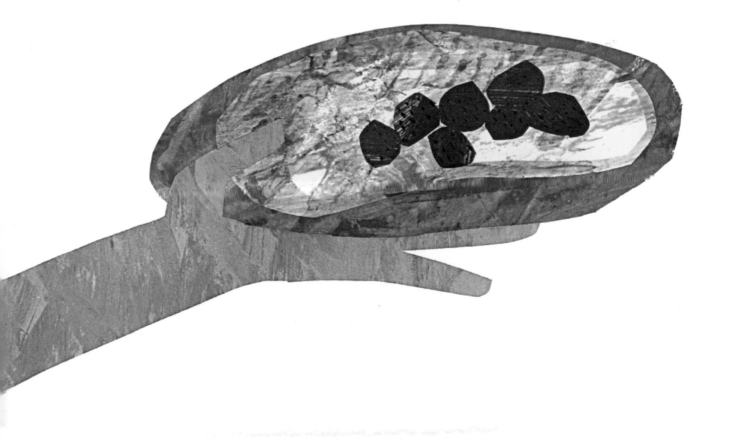

—Oh, mamá, ¡yo sé qué hay que hacer ahora!

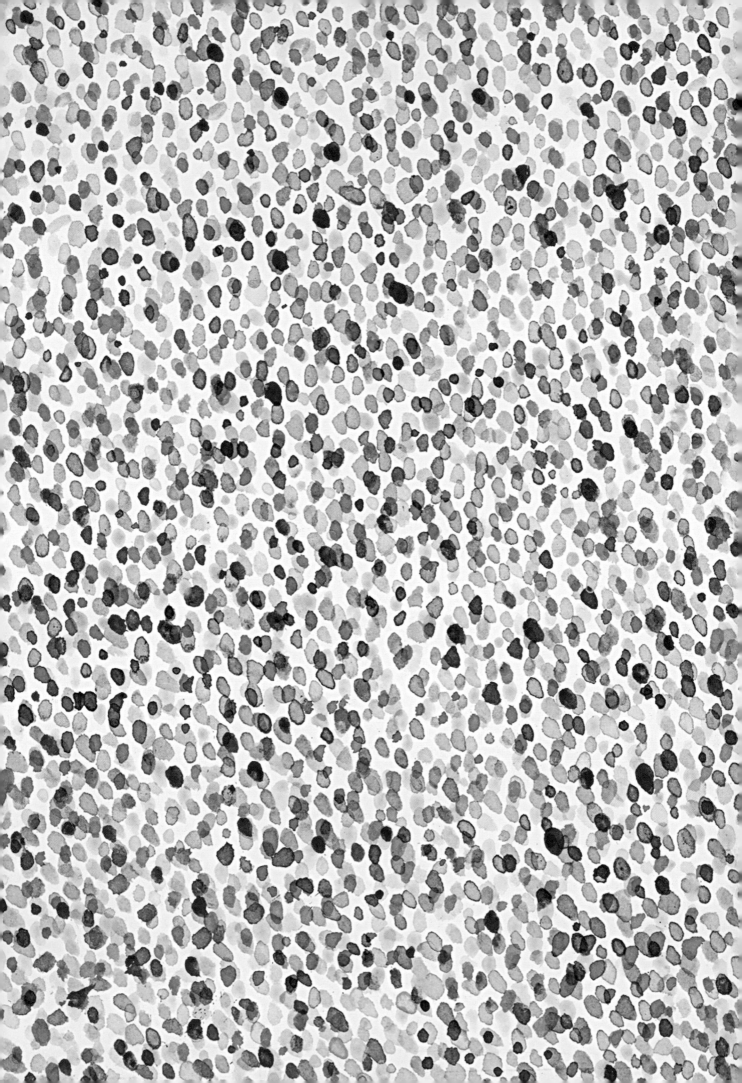